강태승 시집

죄의 바탕과 바닥

죄의 바탕과 바닥

인쇄 · 2025년 5월 8일 | 발행 · 2025년 5월 13일

지은이 · 강태승
펴낸이 · 한봉숙
펴낸곳 · 푸른사상사

주간 · 맹문재 | 편집 · 지순이, 김수란, 노현정 | 마케팅 · 한정규
등록 · 1999년 7월 8일 제2-2876호
주소 · 경기도 파주시 회동길 337-16(서패동 470-6) 푸른사상사
대표전화 · 031) 955-9111(2) | 팩시밀리 · 031) 955-9114
이메일 · prun21c@hanmail.net
홈페이지 · http://www.prun21c.com

ISBN 979-11-308-2247-1   03810
값 13,000원

푸른사상
시선

205

죄의 바탕과 바닥

강태승 시집

푸른사상
PRUNSASANG

바위

보릿고개 넘을 때는 으레
우물보다 깊어진 항아리
매양 게서 퍼 올리는 수수 한 줌
항아리처럼 굽어진 어머니의 허리
그래선지 빈 항아리 채우러
울타리 넘는 산그림자 달그림자,

구색을 갖추려 채송화 봉숭아는
추녀 밑으로 오종종히 발맞추고
왕거미 녀석은 복 걸리라고
가끔 항아리에 치는 거미줄
사는 모양이 산비탈이었다
그래, 산속 풀이었다

다시 말하면
눈 녹으면 뒷산에 남는 바위였다
봄 여름 가을 해마다 다녀가
빗금만 늘어도 떠나지 못하고

오히려 이 근심 저 걱정으로
기쁨과 슬픔이 나누어지지 않는,

밭둑에 버려진 돌이거나
산속을 쏘다니는 바람이었다
천둥번개 다닌 길목만 남아
자잘한 웃음이
정수리에 피는 냉이꽃이거나
그림자 슬쩍 내미는 나무였다.

2025년 봄
강태승

| 차례 |

■ 시인의 말

제1부

| 차례 |

제3부

제4부

제1부

물방울과 햇빛

물방울이 새벽 예불하러 가는 수좌의
발목에 숨어 불당으로 가고 있다
시생대 적시고 원생대 가슴에 고였다가
고생대의 눈동자를 반짝이게 하던
길짐승 날짐승의 발톱과 날개를
세웠던 물방울이 새벽 예불을 한다
하늘 땅 억년에 억년 오르내리다가
수좌의 발목을 적신 아침이다
세상의 슬픔과 기쁨 다녀왔지만
어느 것 기억하거나 저장하지 않고
햇빛에 반짝 웃고 마는 물방울이
오늘은 발목에서 머무는 시간,
구더기 분뇨에 섞이고 개구리와 뱀
뱃속에 있었고 사자 이빨을 적시던
물방울이 지금은 향이 가득한
그것도 수좌와 절을 하는 때,
햇빛이 따라온 것인지 지나는 것인지
낡은 용마루에서 놀다가 대웅전으로
쑥, 들어와 발목을 말리고 있다
물방울 찾아왔다고 대웅전에 서 있다.

민들레

죽음이 함부로 쏘다니는 날이었다
폭력이 몰려다니는 시퍼런 날이었고
자지러진 꽃잎이 파르르 떨다가
속절없이 흙이 묻은 발목들의
신발 흩어진 자리마다 피는 민들레,
사람이 무로 뽑히는 날이었다
후줄근한 몸으로 저녁밥 짓다가
산비탈에서 쇠꼴을 베다가
하늘 높이 솟구치는 노고지리
노랑나비 흰나비 춤추는 봄날에
값없이 부러지는 날이었다
사람에게 무로 뽑혀버린
사람을 무로 뽑아버려
지금도 핏빛 붉은 옴팡밭은
삼천리 개나리 진달래 피는 나라,
그날은 아직도 멀어지지 않았는데
형제처럼 밭둑으로 줄지어 선
그때 신발 흩어진 것처럼

절망 잃은 사람들의 핏물처럼
봄꽃이 피어나는 중간산 마을,
모였다 흩어지는 아이처럼
재잘재잘 피는 유채꽃 동백꽃
여기저기 마구 피어나는 봄
꽃 진 자리를 용케 알고 피었다
아니 여기 누웠다고 피는 꽃
아니 꽃으로 일어서는 슬픔
아니 여기서 지워졌다고 항변하듯
길목마다 맨발 맨손으로 피는
이젠 꽃이 되어 돌아오는 신발에
환하게 빛나는 4.2 4.4도 아닌 4.3이다.

소신공양하기

중복 날 고추밭에 나가 풀을 뽑자
잎사귀마다 실한 땀방울 맺힌다
몸속 흐르던 물이 밖으로 넘치자
개울 바닥으로 돌 구르는 소리
산기슭 가시넝쿨 무너지는 소리
황토 물에 여울목 맑아지는 소리
매미는 터지도록 마구 울어대고
꽃잎에 중심을 다 얹어버린 개망초,

몸속의 물을 다 퍼낼 수작으로
기왕이면 홍수 나라고 참깨 들깨
짐승처럼 쏘다니며 호미질하자
쥐라기 백악기 봇물 터지고
고생대 시생대 소나기 퍼부었는지
수심(樹心) 맑은 가지에 걸리는 하늘
막걸리 서너 잔 하고 다시 후비자
금세 빠졌는지 덜거덕거리는 관절,

뼛속에 남은 물기마저 마르라고
단추를 풀고 밭둑에 벌렁 눕자
도토리묵에 칼이 들어가듯
심연으로 생짜배기 깔리는 햇빛이
모서리부터 태우더니 능선 넘어
골짜기로 순식간에 번지는 불
웃는 분화구에 낙과하는 오온(五蘊)
저녁에는 폭설 무장무장 내렸으면 좋겠다.

벚나무가 피는 뜻은?

  막았다 비탈 구르고 구르면서 일어서는 나를, 일어서다 구르는
  나를 잡았다가 다시 놓고 다시 잡았다가 허공으로 뭉개
었다
  벚나무 앞에 서면 내 모든 말이 막다른 길로 편안해졌다
  내 이력의 개 돼지 말 그리고 음각 양각된 웃음이
  뒤집힌 슬픔으로 대들다가 종잡을 수 없이 버려졌다
  아무리 읽어도 보이지 않는 벚나무의 업어치기 기술,

  제 내장 몽땅 꺼내 머리에서 발끝까지 걸친 벚나무
  가진 거라곤 제 속을 뒤집어 햇빛에 말리는 기술밖에 없는
  벚나무에게 매번 진다 먹힌다 그것도 단판으로, 벚나무
  뒤집혀 있는 대로 벚나무의 문장 밖으로 내동댕이친다
  벚나무 앞에 서면 끊어진 연(鳶)처럼 안팎이 조용해진다
  벚나무 뒤에 서도 저수지처럼 겁도 없이 구름 비춘다

  벚나무 아래 누우면 벚나무가 품은 것을 같이 품는 것
  벚나무가 노는 대로 같이 놀고 있으면 어느새 꽃잎의

낙법(落法)이 등짝으로 무늬진다 모든 생각에 흙이 묻는다
털렸다 잘렸다 무너졌다 벚나무 가지에 오르면 나의
중심이 줄기에서 가지로 가지에서 꽃잎으로 번져갔다
바람 불면 눈 코 귀 입 손과 발이 나뭇잎에서 반짝였다

한 글자 한 마디 말도 못 하는 벚나무가 나의 모든 직립을
그림자로 뉘었다 식은 재(灰)로 풀숲에 함부로 날리었다
해마다 봄이면 안이 밖이 되고 밖이 안이 되는 벚나무
그러고도 상처 흠 또는 틈이 보이지 않게 단풍 든다
벚나무가 피는 뜻은? 그 질문에 속잎을 펼치는 벚나무
진달래도 문제를 보라고 햇빛에 가운데를 벌겋게 데운다.

하나로 묶기

희로애락은 하나로 묶기 힘들다

희 속에 노를 담을 수 없듯이

락 속에 애는 어색한 자세다

그런 희로애락을 묶자고 모였다

곧잘 희(喜)덕거리는 H

툭하면 노(怒)를 부리는 N

이래 저래도 애(哀)를 달고 다니는 0

제 아버지 죽었을 때도

종일 락(樂)만 퍼먹은 R,

대한극장 뒷골목 벌건 대낮에

닭 한 마리 시켜놓고

친구 놈들이 덜거덕거리며

처음처럼의 눈금에 고인다

소주 따르는 소리처럼

들릴 듯 말 듯 들리는 빗소리에

먼지도 털렸는지

아예 16.5도로 응결한다

25도로 모이라고 걸쭉한 이야기

닭도리탕에 불쑥 넣자
금세 벌겋게 끓는 냄비를
뛰어다니며 풀어놓는 요설을
한 숟가락 뜨니
빈 통장에 목돈처럼 넘어가는 술,
맞은편 꺼져 있던 건물에서
동짓달 꽃처럼 노래방 걸어온다
마침내 희로애락을 가로질러
하나로 묶이는 하나로 노래방.

슬픔의 기원

뱁새 둥지에서 먼저 부화한 뻐꾸기가
알을 밀어내도 멀뚱멀뚱하는 뱁새
모두 밀어내고 붉은 입을 쩍 벌리자
붉은색에 온몸이 물이 들어버려
밤낮 뻐꾸기 아가리에 심부름하다
문득 뻐꾸기의 울음 듣고 날아가는
뻐꾸기를 보고도 따라가지 못하고
텅 빈 둥지에서 기다리고 있는 뱁새,

뻐꾸기 빨간 아가리의 색이 빠질 무렵
뱁새는 비로소 제 알을 낳고 싶지만
이미 아침저녁 깔리고 있는 가을
어쩌다 붉은 단풍잎에 달려가 보면
비웃으며 툭 떨어지는 붉은 기억
첫눈이 골짜기 가득 채우며 쏟아지자
더욱 빨갛게 웃고 또 웃는 단풍잎에
한사코 열 배 백 배로 붉어지는 가슴,

봄이 오자 뱁새가 다시 날아오른다
자식이었던 뻐꾸기를 잃어버리고
뻐꾸기에게 모든 사랑을 주고도
꽃가지에서 놓치지 않는 균형
수컷이 가지를 출렁이며 솟아오르자
멀지도 가깝지도 않게 따라가는
골짜기에는 어느새 붉은 진달래
목련이 뻐꾸기처럼 입을 착! 벌리고 있다.

즐거운 수술대

가시죠? 간호사의 말에 이끌려 눕자
함박눈이 수술실 복도에 쏟아진다
곧 돌아오겠다는 말을 덮다가
일 년 십 년의 발자국 지우더니
수술실 입구에 이르자
마당을 덮는 폭설이 내린다
걱정하지 마세요 간호사 웃음 끝에
형광등의 불빛이 알몸을 비추자
죽어라 하고 마구 내리는 눈,

오해와 이해를 접고 이승 저승의
앞뒤를 지우며 복판에 내리는 눈
어렸을 적 징검다리 건너 수수밭
감자꽃 피는 산비탈 황토밭에서
춤추는 옥수수 여름의 교묘한 춤
고생대 원생대를 건너 시공마저
속수무책으로 덮어버리는 함박눈
그래도 나는 나를 보려 부릅뜨지만

나를 따라온 나마저 지우는 눈발,

마침내 나를 눈 속으로 놓쳤을 때
의사는 이때다 하고 칼 넣을 것이다
눈 속으로 사라진 나는 찾지 않고
부러진 대들보 서까래만 맞출 것이다
줄기 또는 잎사귀도 보지 않고
손가락에 흠뻑 묻은 피를 수돗물에
씻어버리곤 한숨을 뱉을 뿐이지만
마취가 풀리기 전까지 부처와 예수의
발길질에도 흩어지지 않는 빙점이겠다.

하얀 허기와 검은 허기

햇빛이 정수리를 찍는 세렝게티
돼지 가슴에 그림자 불쑥 넣은 표범
달아나려 하고 비명 지르지만
온도만 쑥쑥 올라가고 마른 바람
쏘다녀 간간이 핀 선인장에 앉아
별을 가다듬고 있는 독수리,

도망치려는 반대로 박힌 말뚝
풀뿌리 꽃잎이나 따 먹던 목숨
갑작스런 중심을 벗으려 할수록
터지는 핏줄 햇빛이 말리지만
점점 깊이 파고드는 표범의 폭력
저항할수록 찢기는 내재율,

새끼들이 돌고 돌아도 깊어지는
연못에 담그려 하는 사자 하이에나
끝내 오온(五蘊)을 나무에 걸쳐놓고
심심하면 뜯어 먹는 TV를 보다

창을 보니 표범 눈매와 같은 각도로
피고 있는 진달래 개나리 목련꽃,

아프리카 아침을 다녀왔는지
꽃에 매달린 물방울 손바닥에 얹자
금세 허리띠 풀고 풀썩 누웠다
어디론가 바쁘게 떠나가는
하늘엔 죽음만 유난히 반짝인다
커피 맛은 쓰다 달고 달다가 쓰다.

진달래 개나리 목련

진달래 개나리 목련 민들레 냉이
홑치마도 없이 발정 난 것들이다
부끄러움은 아예 저당 잡힌 것들이다
아닌 척 그런 척하더니 어느새
햇빛 드는 곳부터 속잎 벗더니
옆집 개나리는 밤새 홀라당 털다
사람들은 마취제에 쏘인 듯
아니면 이쁜 산신령에 홀린 듯
출퇴근하다 그 밑을 서성인다
오히려 그것들에 일부러 붙잡혀
그 짓을 구경하는가 하면
아예 관광버스에선 발광한다
어린애 웃음 피워놓은 진달래
열여섯 계집애 속옷을 훔쳐
가지마다 제 것인 양 걸어버린 목련
산수유도 알몸이라며 한몫 거든다
냉이는 밭둑에서 간들거리고
복수초는 얼음 물고 속살을

안으로 식히고 있다 벌건 대낮에
묘하게 교묘한 사랑 나누는 이것들을
삼강오륜으로 우듬지를 치려는데
바지 속으로 찬 바람 한주먹 훑자
금세 쪼그라드는 춘정,
어쩌면 내 씨앗도 봄이 오는 산길로
그렇게 피고 싶은지 밤새 꼼지락거린다.

지구가 생기기 전에 지옥이 도착했다

세상이 나기 전에는 이빨 하나도 없었다
지구가 도착하기 전에 지옥이 물속에 있어
아메바가 아메바를 삭제하기 시작하였고
아메바의 후손들이 같은 짓을 하고 있다
하이에나가 물소를 지우고 사자와 표범도
사슴과 영양의 목을 툭하면 풀고 있다

태양과 달이 비추기 전에 와 있는 지옥
빛이 있기 전에는 묶였던 폭력과 협박이
태양이 빛나기 전부터 몽땅 건너와서
눈빛을 반짝이는 그 눈빛을 피하려
팔다리가 생겨나고 안이비설신의가
길 내고 집을 지었지만 쏟아지는 폭탄,

사람이 다니고부터 지옥은 단단해졌다
사람이 말하기 시작하자 넘쳐나는 지옥
지옥은 사람의 혈통이 타버린 곳이다
사람이 있는 한 지옥은 가난해지지 않고

지옥이 있는 한 사람도 싱싱해질 것이다
소나기 쏟아지자 우후죽순 돋아나는 폭력,

어미젖을 빨아먹으며 검어지는 눈썹과 눈매
아비 뼈를 핥으며 굵어지는 손목과 발목에는
폭력이 점잖게 줄기를 키우며 펄럭이다가
토끼가 밖으로 나오면 날개 펼치는 독수리
개구리가 폴짝 건너오면 통째로 삼키는 뱀
지옥이 있어 가을마다 늘 찬란해지는 산굽이.

울화(鬱火) 또는 울화(鬱花)

추워지면 옷을 입어야 하는데 나무는 벗는다
심지어 눈 귀 코를 막고 알몸만 달랑 남았다
낫으로 자르고 찍어도 말 한마디 새지 않고
북풍이 겨우내 걷어차도 도망치지 않는다

마침내 톱으로 베어도 그냥 쿵 쓰러지는
전 생애가 넘어져도 고스란히 바닥에 눕는
장작을 도끼로 빠개도 한마디 들키지 않고
불 속에 던져도 단지 재만 남기는 나무,

그해 추위는 저수지 바닥까지 쥐었다
못질하여 몸 한 번 비틀지 못하였다
저승의 옷감으로 막아버린 저수지는
봄이 와도 이승을 ㅇㅣㅅ_ㅇ으로 발음하였다

삼십 년 아버지의 술주정을 수발한 어머니
툭하면 울타리 밖으로 차버리다가
마지막엔 사십 과부로 만들고 문득 가버린

아버지를 구순이 되어서야 보고 싶다는 말씀,

겨울 지난 봄날 모든 꽃은 울화의 꽃이었다
울화가 무거울수록 가벼운 쪽으로 꽃피었다
어머니도 마침내 울화(鬱火)가 울화(鬱花) 되었는지
툭하면 느, 느그 아부지한테 갈란다 하신다.

저승 동행 명령서

부처도 가고 예수도 갔다
히틀러 스탈린 모택동도
같은 방향으로 갔지만
도착한 곳도 같은 역인지
알 수 없는 길목이지만
나도 수십 개 능선 넘어와
가만히 보이는 으슥한 동네,

아버지 어머니는 좋은지
봉분에 제비꽃 할미꽃 피었고
옆집 무슨 소식인지
들여다보려는 찔레나무를
아닌 척 그런 척
바람이 심술처럼 흔들다가
적막에 던져놓고 저문 산굽이,

태어났을 때는 읽지 못하고
육십 고개 산마루에서

호적등본의 뒷면에서
문득 발견된 저승 동행 명령서
분명 보낸 곳으로 잊지 말고
다시 돌아오라는
말뚝에 이미 묶여 있었다.

사랑의 기억

겨울이 닥치기 전에 사과는 이미 붉었고
나의 오장육부에는 사시사철 눈보라쳐
골짜기마다 얼어붙은 나무들은 캄캄한
몸짓만 잉잉 울어대고 있는 몸을 세워
붉어져가는 사과를 한 입 베어 물고는
햇빛을 읽으려 가지 흔드는 동안에도
사과는 사과나무를 두고 익는 중이다

벗겨보면 아무것도 없는 가난뱅이들이
가난할 것도 없이 텅텅 빈 나무가
대추나무는 대추만 사랑을 하고
밤나무는 알밤만 사랑하다 빠져버린
이빨처럼 허공에 남겨진 텅 빈 사랑
사과는 사과나무만 붙잡고 있다가
사랑에 못 이겨 툭 떨어지는 계절,

하느님도 사람을 사랑하다 자꾸만
꽃자리도 없이 떨어지는 사람을 줍느라

따가워진 햇살 피해 커피 마시는 중에도
사과나무는 근친을 빨갛게 사랑하고
부처님을 버짐의 자세로 껴안은 돌이끼
나를 사랑한 열매도 다 익었는지
늙은 사과나무처럼 발바닥이 낡았다.

슬픔 깎아 먹기

무가 슬픔이면 좋겠다
좋겠다 아니라 그렇다 믿으며
먼저 뿌리를 뎅겅 쳐낸다
냇물에 벅벅 씻어서
우적우적 씹으니 슬픔에서
산 내음 입안으로 돈다
풀 냄새가 나는 슬픔,
그때 하지 못한 말을 달래준다
골짜기 풀섶 무성하게 한다
깎여진 슬픔이 뒹군다
바람에 쉽게 말라가는 슬픔,
맛나게 슬픔을 먹어본 적 있는가
다른 목숨을 먹는 것은
다른 슬픔을 먹는 것
식탁에 배달된 것은
젖은 슬픔 마른 슬픔 따로 없이
그것들의 같은 목숨이다
아삭아삭 씹히는 무의

꽁지까지 먹고 나니
잘 도착했는지 트림이 난다
혀로 더듬어 뒷정리한다
뱃속이 슬픔으로 든든하다.

낙화

해고당한 친구가 걱정되어
당고개에 도착하니 먼저 온
친구가 환하게 맞아준다
해직 명퇴 파면 어차피
내일 출근하지 못하는
공통점이라는 친구의
입술에 눈발이 보이다가
한잔 술이 들어가자
함박눈으로 쏟아진다
연거푸 술잔을 붓더니
어려운 법문(法門)을 쉬운 말로
토한다 "씨팔"

편찮으신 어머니의
질문을 생략하고 막걸리를
부으니 정답인 양 들이켠다
서너 잔 들이켜고 난 다음
더 쉽게 뱉는 한마디

"다 내 탓이여"
그 말을 내리는 눈이
알아들었는지
까맣게 펑펑 내린다
사람들이 밟고 다니든
어둠이 찍어 누르든
생짜배기로 내리는 눈이다.

정신현상학

아침에 맨발로 연못을 걷다 문득 붙잡는 소리 쪽으로
머리를 두니 여름 한가운데서 연꽃이 인사를 한다
물에 잠겨 있으나 한 방울도 젖지 않은 목소리로
무어라 말하는 이마를 햇빛 비추어도 마르지 않는
목소리에 몸을 숙이고 숙여도 들릴 듯 들리지 않아
차라리 눈을 감으면 어디선가 다시 들려오는 소리,

세상의 오물이 모이는 수치스러운 것만 고여 있는
쓸모없어 버려진 것들이 마침내 갈 데까지 가서
더 갈 수 없는 곳에서 꺼멓게 뭉쳐 있는 가슴에
절망과 분노 슬픔과 쓸쓸함도 썩어버린 핏줄에
세상의 모든 죄를 쓸어 담고도 춤추는 물결 위에
팔만대장경을 단지 한 송이 꽃으로 들고 있는,

연꽃이 무슨 말 하려나 모가지 꺾어도 들리지 않는다
정녕코 다시 들으려 할수록 캄캄해지는 연못을
독차지하고 찬란하게 떠오르는 태양에 돌을 던져도
푸른 하늘은 연못 아래로 가득하고 이미 말씀을 듣고

나무들은 연못으로 들어가 받들고 있는 우주
앞 보지 말고 뒤로 나자빠져 있어야 들려오는 소리,

가장 더러운 곳에서 가장 밝은 등불 들고 있는 연꽃
가장 낮은 곳에서 가장 높은 별 반짝이고 있는 연꽃
나도 저렇게 더러운 것 퍼내지 말고 꽃 피우라는
나도 저렇게 낮은 것 메우지 말고 바닥에 누우라는
이정표를 뼈에 이미 새겼는지 자꾸만 돌고 도는 연못
맨발에 풀물이 잔뜩 들수록 점점 멀어지는 연꽃이다.

제2부

노동하시는 하느님

하느님도 심심하면 놀러 내려와 농부 땀을 산바람으로
한숨 쌓인 노파의 눈물을 민들레꽃으로 닦아주신다
논바닥 쩍쩍 갈라지면 태풍을 등짝에 지고 와
장마 지게 하시고 알맞게 벼가 익도록 가을이면
햇빛을 뽀송뽀송하게 하신다 어스름이 깔리면
산속 부부의 굴뚝 연기로 시를 쓰시는 하느님,

나무의 이파리 줄기 뿌리 이름에 맞게 적으시면
때에 맞는 색깔이 풀리는 지금은 상강 쓰시는 중이다
허나 가을도 결구에 들었으니 곧 들이닥칠 겨울에는
첫 눈발을 눈부시게 날리시겠지 끈 떨어진 연처럼
연과 연 사이로 함박눈을 마구 퍼부으시면,
깊은 골짜기 아궁이는 밤새 군불이 타고 있겠지.

물소와 사자의 지옥 건너가기

사자는 발톱에서 다시 무기를 꺼냈다
달라붙는 파리 깃털로 쫓아내며
창과 도끼보다 시퍼런 폭력을
어깨에 한껏 올린 언덕 너머로
함부로 드러내놓은 굶주린 송곳니
칼보다 햇빛에 반짝거리면서 뱉은
포효가 지나간 곳마다 긴장하는 숲,

새들이 날아오르며 전조를 알리고
소문을 부지런히 퍼트리는 원숭이
물소에게 지옥은 사자에게 있다
사자에게 천국은 물소에게 있다
지옥의 소리 듣고 소름 돋은 물소
천국의 소리 듣고 입술이 밖으로 나와
윗입술 아랫입술을 더듬으며,

천국의 맛을 보려 예비하는 오후에
지옥을 지나가려 스크럼을 짜는 소

천국 가로막고 한 점 먹으려는 사자
얼룩말은 물소의 옆구리로 숨었지만
자칼은 사자의 곳간을 노리는 동안
지옥 속의 천국은 수초의 꽃을 피우고
천국 속의 지옥은 바람을 가로지른다.

빗방울의 계보(系譜)

내 머릿속 생각하는 골짜기 다녀온 빗방울이다
눈 쌓인 능선 바위투성이 산비탈 뱀과 개구리
숨바꼭질하고 독수리와 꿩이 쫓고 쫓기는
갈참나무 숲을 비추는 태양과 달이 구름을
밀고 다니며 슬슬 뿌리는 눈보라와 소나기에,

웃자라는 버드나무 밑으로 몰려드는 송사리를
간간이 물고서 먼 산을 바라보는 백로의
눈망울에 비치던 풍경을 읽은 빗방울이다
신생대 고생대를 거쳐 걸어온 이력서가
발바닥에 생생히 고여 그때의 소식이,

발꿈치를 단단하게 하거나 달리기 좋게 굳어
중심을 놓치지 않고 오장육부를 돌고 돌아서
오대양 육대주를 수십 번 수천 번 수만 번
아니 백겁 천겁 만겁을 돌았어도 다시 내
생각과 마주친 빗방울 추녀에서 떨어지고 있다

생각을 적시거나 생각을 밀고 당기지 않고
내 생각을 지지하거나 물들지도 않고
내리는 가랑비가 아침부터 저녁이 되었어도
내 생각 밖으로 떨어지다 내 생각으로 툭,
내 생각 속으로 떨어지다 주춧돌에 툭, 떨어진다.

뼈의 비밀

안의 것은 바깥으로 언제나 쏟아졌고
바깥은 안의 것이 비친 무지개
우크라이나에 떨어지는 폭탄
러시아에서 폭발하는 미사일
손과 발에서 솟은 것이 아니라
뼛속에서 나간 것이지요
낮은 어둠의 뼈에서 났고
어둠은 낮의 뼈에서 일어서듯이
바람은 없음에서 소음은 침묵
살인은 선의에서 피었고요
창조는 창조 이전의 뼈에서
백오십억 년 자라고 있지만
있음은 없음을 그리워하고 없음은
있음을 품고 달아나며 즐기다가
열매라는 명목으로 흔들리는 가을,
그냥 두어도 마침내 다 떨어져
텅 빈 하늘가로 떠도는 구름을
밑바닥으로 깔고 있는 연못의 뼈,

뼛속의 뼈는 바깥이고
밖의 뼈가 지금은 여름이라서
소나기로 가까워진 산굽이에
신호등처럼 산도라지 피어났고
잎사귀의 물방울이 목덜미 칠 때는
뼛속의 경전이 우르르 무너졌다
천지는 멀어질지라도 천지의 뼈는
곧 첫눈을 들판에 쏟아부을 것이고
봄이면 길목마다 노랗게 진저리 치겠다.

폭력이 푸른 세렝게티

아프리카 리카온이 물소 생식기 물자
사자를 내동댕이치던 무쇠의 뿔이
터진 풍선처럼 픽 주저앉는 무릎을
수십 마리의 이빨들이 물어 찢어도
꽃잎 풀잎 하나 돌아보지 않는다
어미 아비 형제 친구도 있을 것인데
반대의 물건처럼 멀뚱거리는 눈동자
한두 개 있지만 곧 찢어진 뱃가죽
땅바닥에 우르르 쏟아지는 오장(五臟),

뱃속이 텅 비었어도 물소는 살아 있다
뒷다리 떨어져 나가는 것 보면서도
뼈와 핏줄이 흙 묻는 것 보면서도
제 방광 창자 쓸개 햇빛에 쏘이고
바람에 비틀어지는 것 보면서도
물소는 강을 건너려고 살아 있다
리카온에 덕지덕지 묻은 제 생피
물소의 크고 맑은 눈에 가득 담겨도

제 근친 따라가려 물소는 살아 있다

물소 울음 들리지 않아야 먹을 수 있는
물소의 말 듣지 않아야 먹을 수 있는
물소의 슬픔 웃음을 보이지 않아야
목구멍으로 삼킬 수 있는 물소의 살점
허기의 구멍을 메워야 하는 리카온도
입술과 귀에 간신히 걸리는 웃음 평안
생피가 벌판을 벌겋게 물들일수록
살육의 소문이 무성하게 자라날수록
아프리카 하늘로 반짝이는 주검이다.

흔들리지 않기

바닥에 누우니 더 이상 흔들리지 않는다
내가 나를 흔들지 않는 한 흔들지 않고
지구가 흔들리지 않는 한 흔들리지 않아
비로소 나는 하늘과 정면으로 마주 보고
하늘도 날 비로소 바로 볼 것이다

바닥과 일치하자 저절로 고요해지는 물결
파도에 소매가 마를 날 없었고
손바닥 발바닥 흙이 마냥 묻어났지만
손목 발목을 바닥에 박아버리자
등짝 너머로 고스란히 깔리는 여름의 하늘,

연못가로 수초가 자라나 무성해지듯이
물가로 미루나무 줄지어 잎사귀 펄럭이어
비로소 웃음이 귓불에까지 종일 걸리었고
안과 밖이 없어져 평화로운 마을은 가을
눈보라 쳐도 소복소복 쌓이는 겨울이겠다

아예 바닥에 내재율을 박은 나무들의 평화
가끔 태풍의 폭력에 가지 부러질지언정
참나무는 참나무 소나무는 소나무로
주소와 본적을 천년만년 잃지 않는 것은
목숨을 바닥 넘어 바닥에 묻고 사는 탓이겠다.

죄의 바탕과 바닥

나무는 바탕과 바닥 중 어느 곳에
뿌리를 내렸는지 더듬어 내려가면
바탕이 바닥을 가로막고 있고
바닥이 바탕을 밀어내곤 앞자리에
찔레꽃 피우고 있다는 하늬바람
바탕이 물러나면 보이지 않는 하늘
바닥을 지우면 까매지는 저승길,

사자가 물소의 모가지를 뜯은 것
바탕을 믿고 휘두른 발톱인가?
바닥이 언제나 지켜주고 있어서
오늘 오후도 굶지 않았는지를
알고 있다 끄덕이는 강가의 풀
그러나 말거나 하늘을 이고 있는
바오밥나무 사이로 드나드는 구름,

바닥이 깊고 바탕은 멀고 먼 것인가
하늘을 바탕으로 빛나고 있는 별

바닥을 믿고 밤마다 떠오르는 달
바탕 없는 바닥이 없고 바닥이 없는
바탕을 알지 못함을 가르치는 연못은
바탕을 깔고 바닥에 피우는 연꽃
바닥을 믿고 바탕에 떠 있는 낙엽,

지옥을 바탕으로 큰 것이 천국인가
천국의 바닥으로 온 것이 지옥인가
죄의 바탕을 만나려면 어느 바닥을
열고 들어가야 하고 죄의 바닥을
읽으려면 어느 바탕을 지워야지?
오늘도 태양은 연못의 바탕에 있고
연못의 바닥에서 연꽃이 웃고 있다.

죄의 꽃이 핀 아프리카

사자들이 갓 탯줄 끊어진 송아지에게
시퍼런 이빨을 넣으려고 한다
침 흘리며 깡충깡충 날뛰기도 한다
사선(蛇線)의 각도로 발톱을 내밀고
서로의 귀에 웃음을 걸어주자
어미 소가 모든 병기를 꺼내어
송아지 지키려 하지만 수사자가
등에 올라타자 잘린 나무처럼
픽 쓰러지곤 일어나지 못하는 물소
바람은 불던 대로 불고 계절의
질료에 형형색색 피어나는 꽃,
금방 송아지 출산한 소의 오장(五臟)
땅바닥에 쏟아져 흙이 묻고
어미 생피도 마르지 않은 송아지의
목을 물고 달아나는 수사자를
정녕코 아무도 말리는 자 없다
자칼과 하이에나도 이미 도착해
혓바닥으로 수시로 입술 더듬는

풍경을 사진 찍고 있는 손을
아침부터 햇빛은 그을리고
사자의 이빨에 뼈가 부러질 때
지른 비명이 아득히 높이 올라가도
오랫동안 구름 한 점 없는 하늘,
죽어서 가는 곳이 지옥이 아니라
내 손목 발목에도 지옥이 도착해 있다.

염습(殮襲) 또는 빈집

식은 화두(話頭)만 덩그러니 남았다
안이비설신의 틀어막을 동안에도
한마디 항의를 하지 않고
끈으로 묶을 때도 빈집에서는
개 짖는 소리 하나 없다

기왓장 떨어지고 서까래 부러져
대들보가 바닥에 누웠는데도
"주인 없는 집을 고치지 않습니다"
진료서엔 "저승으로 이사 갔음"
[치료비 납입 불가]

집주인은 한때 아름드리 소나무
야산(野山)은 쉽사리 보았다
개구리 뱀 그리고 쥐들은 근처엔
얼씬하지 못하였고 독수리만
넌지시 보던 추녀가 날랜 집이었다

호박넝쿨 울타리에 얹거나
용마루에 박꽃 하얗게 피고
저녁마다 밥 짓는 연기 모락모락
피어나는 안방에서 강아지들과
체온을 나누던 36.5℃였던 집을,

불 속에 던져도 아무도 막지 않는다
한 생애가 폭삭 무너져
재(災)만 남은 자들에게 배달된 저녁
막걸리 마시고 강을 보자
빈집 주인인지 희게 웃는 윤슬이다.

죄의 질문

도끼를 넣으면 장작 한 생애가 풀썩 꺼진다
천 년 전 눈발이 새로 날리는 날이면 도끼날이
반가사유상의 눈매를 제 몸에 새기려 하지만
내리칠 적마다 어쩔 수 없이 장작 가르곤
적막의 무게를 감출 수 없어 굳게 문 입술을,

눈송이에 젖도록 등걸에 걸어두곤 한다
침묵으로 자신의 모서리 감추려는 도끼를
높이 치켜들고 장작을 치면 도끼의 내장
도끼의 전력이 장작과 함께 몽땅 쏟아진다
점점 더 견고해지는 칼날을 뉘우치려 하지만

끝내 반성이 되지 않는 것은 허물이 아니라
있는 허물은 오히려 선물인 것을 알 때
즐겁다는 것이 정수리에 도끼날로 들어온다
반목할수록 도끼는 눈매가 푸르다 못해
대놓고 반짝거리는 걱정도 격정으로 무늬진다

보란 듯이 내리는 눈은 도끼날이 배후에 있다
자랑처럼 내리는 눈은 발목을 삐게 한다
걱정거리 없이 내리는 눈은 뒤통수도 친다
아이처럼 눈이 내릴 때 장작 패기 좋은 때다
격정이 걱정스러울 때 저녁이 마중 나온다

햇빛이 드나들던 곳에 도끼날을 맞추면
장작은 옜다 모르겠다는 듯이 발랑 뒤집어진다
둥근 생애가 단면으로 팽개쳐진다
살기(殺氣)를 죽기 살기로 내려치면
나무에서 장작으로 말라가는 질문이 하얗다.

햇빛에 시집 말리기

햇빛에 내 시집을 말린다
가운데를 펼쳐놓아 걷어내지 못한
비계와 벌레 진흙과 바위
마르라고 창문을 열어놓자
바람이 앞뒤 넘기며 내재율을 말리다
바다와 사막을 말리고
시간과 은하수를 말린다
행여 부처님과 하느님도
마를라 커피잔으로 눌러놓자
커피잔도 말라버리겠다며
슬슬 데우는 햇빛,

커피잔을 치우자 뱀과 개구리
두더지와 늑대가 말랐는지
종이 오그라들 때 같은 곳이
자꾸만 가려운 옆구리
종이에 새긴 잉크만 남기고
내용은 말려버리겠다는 듯이

화살촉보다 반짝이는 햇빛
덩달아 안이비설신의 말랐는지
물을 마셔도 목이 마르다
마침내 저승길도 구부러졌는지
종이의 무게만 쥐어지는 오후다.

나 속의 사람

내 속에 사람이 있을까 찾아보면
끝끝내 보이지 않는 사람
과연 사람일까 뒤집어보면
사람으로 살고 있는가 하면
골짜기에서 툭하면 튀는 늑대
진달래 개나리 가지에서도
얼굴을 불쑥 내미는 하이에나
개구리 뱀 물소 참새들도
부지기수 숲을 쏘다니고 있어,

그중에 내가 있을 것이라며
황소를 따라가 보면 외양간
호랑이를 따라가면 짐승의 뼈
독수리와 날아오르면 허공
범고래를 따라가면 살육의 현장
마침내 아무것도 따라가지 않고
마루에 누우면 하늘엔 흰구름
귀를 적시는 개울물 소리

숲에서는 새소리 바람 소리,

한 점으로 찍혀 있을 때
사람으로 살고 있었다
움직이지 않고 있을 때
나를 바라보고 있는 사람이 있고
사람으로 있을 때
깊고 깊어지는 저녁 어스름
오늘은 밭둑에서 잠들었다
내일은 논두렁에서 잠들겠다.

죄의 유효성?

닭은 굼벵이 지네 잡아먹고 살 통통하게 올랐다
물소 영양 잡아먹은 하이에나 사자 표범 치타도
근육이 실해지고 눈매가 맑아져 십 리 관찰하고
토끼 노루 쥐 잡아먹고 반짝이는 독수리 날개
코모도 도마뱀은 사슴 통째로 삼키고 종일 자고
아나콘다는 나무가 휘어진 가지에서 즐기는 풍경,

강 건너는 누를 먹고 햇빛에 몸을 데우는 악어
하루에 수만 마리 도살되는 돼지 소 닭 덕분에
유치원 아이들은 힘껏 달려도 쉽게 지치지 않고
논두렁 밭두렁에서 저녁 늦게까지 일하는 농부
천년만년 주검의 골짜기 검게 독차지한 참나무
올해도 다람쥐 청설모 주워가도 남게 여물었고,

공동묘지 근처의 소나무 유독 가지가 자유롭다
봉분의 개망초 덩달아 한 옥타브 높이 피었고
길가에서 썩은 노루의 중심을 뚫고 춤추고 있는
엉겅퀴의 우듬지에 도착한 가을의 이른 전언

우크라이나 레바논에 뭉게뭉게 피어오르는 구름
밤마다 커지는 십자가 영토 확장을 하고 있어도,

한강은 모두 같은 깊이로 감추면서 멀어지고 있다
여름을 잃어버린 남산의 치맛자락에 배인 단풍잎
눈보라 들이닥치면 다시 아무것도 아닌 몸짓에서
봄날은 나비를 앞세워 민들레 개나리 가지 세우고
같으면서 다른 숲길로 바람은 처음처럼 드나들어
아무도 죄 기억하지 않는 방식으로 또 만발하겠다.

노동의 선물

쟁기날에 부딪힐 적마다 깨어나는 적혈구
경칩을 건너자 풀빛이 무게를 지닌다
산그림자 개울물에 발목 접히든가
새소리 물든 구름 뭉게뭉게 피는 때는
두꺼비가 쟁기날에 뒤집어졌을 때인가

아지랑이에 따라 냉이 춤추는 산비탈
추위에 털리고 안이비설신의 다시 한번
함박눈에 까맣게 지워진 밭 쟁기질하니
작년에 끊어졌던 노래가 다시 자라난다
이미 욕심껏 서두른 버드나무는 푸르고,

돌멩이는 햇빛에 얼굴을 새롭게 말린다
사선(死線) 즐기며 밭둑으로 달아나는 개구리
언제나 영점의 자세로 백지 내미는 숲
쟁기로 겨울의 발자국을 갈아엎자
태초의 내재율이 무럭무럭 피어났다

개나리 진달래 목련 간(肝) 냄새 풍기는
밭머리에서 몸뚱어리 데우는 어린 뱀을
가로질러 장다리꽃에 옷자락 숨기는 나비
송뢰의 이름으로 단전에 출렁이는 능선
쟁기날을 사월의 핏줄에 넣으니 생피다

저녁 가까워지면 저절로 풀리는 솔기
뚝 끊어진 연처럼 밭둑에 풀썩 주저앉자
자꾸만 나뭇잎 뒤에 숨고 싶은 목숨
산수유 환한 그늘로 자꾸 달아나려는
고삐를 당기면 노랗게 소문내는 민들레.

겨울의 비결

비실비실하던 겨울이었다
좀처럼 힘을 내지 못하고
중병의 자세 감추지 못하고
퀭한 몰골로 골목에 눕거나
한낮에도 길바닥에 취한 듯
나자빠져 뒹군다는 소식이
어디서나 흔하게 발견되어
이번 겨울은 겨울이 아니여,

술안줏감으로 전락하였는데
아침부터 눈이 솔솔 내리자
옷이 마르기 시작하더니
오후엔 펑펑 퍼붓는 함박눈에
눈매가 맑아지고 높은
이마에 빛나는 눈동자
언제 그랬냐는 듯이
줄기마다 팽팽한 자세,

밤이 되어 북풍이 쏘다니자
선명해진 이목구비
반짝이는 안이비설신의
다 죽어가던 겨울이
골짜기를 펄펄 뛰어다니어
저수지 쩌렁쩌렁 우는 소리
핏줄이 벌겋게 터지는 소리
깨진 유리병도 이빨 시퍼렇다.

맛나게 죄를 먹고 있다

하이에나가 물소 허겁지겁 먹고 있다
표범이 영양을 부위별로 먹고 있다
아나콘다는 사슴을 통째로 삼켰고
밤은 낮을 낮은 밤을 교대로 먹었다
아버지는 아들을 아들은 아버지를
어미는 딸을 딸내미는 어미를 삼켰다

여름을 누군가 먹고 있는지 굵은 소나기
알밤을 누군가 씹었는지 빈 밤송이
참외 수박 누군가 지나갔는지 빈 줄기
바다는 부지런히 육지를 건드리고
육지는 밤낮없이 바다를 메우려 하고
북두칠성은 안드로메다 향해 빛나고,

아침에 나가보면 뼈만 달랑 남은 물소
코끼리도 이미 반은 텅 비어버렸어도
늘거나 줄지 않은 세렝게티의 바람
부처님은 중생의 소원을 먹고 있고

하느님은 세상의 죄를 드시고 있고
나는 입맛이 없어 오므라이스를 먹었다.

제3부

신비한 거리

너무 달아올라 대드는 여름이다
자꾸 땀나게 달라붙는 날이었다
그대 너무 가까이 오지 말고
그렇다고 섭섭게 멀어지지 말고
복숭아 속 깊게 익는
사과가 산비탈로 빨개지는,

아침저녁엔 소매 가슬가슬한
단추는 한 개만 풀어놓는
아직도 여름인가 하면 가을
이제부터 가을인가 하면 여름
뭐 멀지도 가깝지도 않은
가까워도 손잡을 정도로 멀어진,

그런 햇빛이면 좋겠네
그런 바람에 옷깃이 날리어
그대 웃음이 내 귀에 걸리는
이슬처럼 발등에 차이는
그러다가 코스모스를 보면
으레 생각나는 산길이면 좋겠네.

감자를 심는 시간

봄빛 쏟아지는 마당에서 어머니와 감자를 자른다
까맣게 말라가는 감자를 다시 그을리는 햇빛
적당한 크기로 몸통 머리통 사지(四肢) 잘라도
제 한 몸 안으로 가만히 적시고 마는 피
도망치거나 숨지 않고 상처를 삭인다
재(災)를 발라도 들키지 않는 통증의 그림자,

몸통이 울음통 물기만 축축한 몸이어서
천둥번개 또는 폭포보다 소리쳐야 하는데
봄이면 꽃으로 환하고 마는 나무처럼
감자로만 만져지는 목숨을 오후에 심는다
여름 와도 잘리고 베인 기억 하나 없는
나쁜 추억은 한사코 없는 푸른 이파리,

야속한 것을 결코 생각나지 않는 방식으로
구근(球根) 채우는 방법을 궁리하다가
소나기 달아나고 얼떨결에 남은 하지의
머릿말에 발설(發說)하는 자주색 감자꽃

어머니의 송진(松津)을 그렇게 본 적이 있다
나무들이 계절 내밀듯이 주름 만져지는 손,

큰아들 식고 셋째 아들 끝끝내 부러졌어도
하루를 풀고 밭둑에 앉으신 어머니에게
감자의 시간이 여울목에서 멀어지고 있다
햇빛이 깊이를 비추다가 캄캄해진 바닥
바람은 애먼 물결을 밀다가 시무룩해진
가장자리에 간간이 민들레 냉이 피고 있다.

개의치 마시고*

국밥 한 그릇 하시죠 저승의 그릇이라
하시면 조문만 하셔도 됩니다만
국밥으로 연명한 목숨 다시 국밥을
땀 흘리며 먹고 싶습니다 막걸리 걸치면
목숨이 얼마나 든든했던지요
깍두기로도 부족하지 않았던 행복
개의치 마시고 국밥을 드시면
한 생애가 조금은 서운치 않겠습니다
간혹 입술 덴 분 있으면 제게
노잣돈 주신 것이라 여기시면
앞뒤가 환하게 빛나는 가을입니다
출출한 생애를 저승으로 접었더니
이슬처럼 두서없이 명료해진 생애
이승의 소실점에 국밥 한 그릇
부디 사양하지 않으시면
저승길에 소나기 한줄금 지나거나
한결 가벼워진 발걸음
강을 만나도 무섭지 않겠습니다

이승의 미련은 따뜻한 국밥
더불어 나누지 못한 섭섭함이었는지
나도 모르게 써놓은 한 줄의 유언,
정녕코
부디 국밥 한 그릇 드시길 청합니다.

* 68세 노인이 자살을 했다. 그가 남긴 한마디, 고맙습니다 국밥이나 한
  그릇 하시죠. 개의치 마시고.

절벽에 피다

대한극장 뒷길로 벚나무 마구 피었다
목숨 걸고 고백하듯이 피었다
피지 않으면 미칠 것같이 피었다
마침내 양보할 수 없는 것처럼 피다

총질하는 아프리카 소년처럼 피었다
소나기 지나간 개울 건너 무지개
유치원생 몰려가듯이 피었다
천국의 입구(入口)처럼 피었다

저승길은 까맣게 열어놓고 피었다
펄펄 끓는 쇳물이 엎어졌거나
밑동이 잘린 주검처럼 피었다
가지를 쳐도 무너지지 않는 웃음,

파도가 뒤집히는 절벽에 피었다
가장 안전한 곳이 하늘이라며
허공이 나의 집이라며 피었다

정녕코 위험한 데가 깨끗한 곳이라며,

삼월과 사월의 한복판에 피었다
끌려가지 않고 달아나지 않고
이마에 못질하듯이 핀 벚꽃에
사람들은 툭하면 생애(生涯)를 엎질렀다.

주름 또는 걱정의 힘

봄마다 주름을 만들어 씨를 뿌린다
쟁기로 주름 실하게 만든 산비탈에
보기 좋게 괭이로 돋우고 다듬은 뒤
비닐로 씌우니 주름도 반짝인다
세월과 걱정의 결과물인 주름의
가운데에 오히려 모종을 하니
여름내 쑥쑥 자라는 참깨 고추 담배
가장자리에서도 실하게 크는 옥수수
퇴적층이 주름 아니라 바탕 또는 흙,

주름 만들기 전에 비료 퇴비를 넣고
새 흙이 올라오게 쟁기를 대면
까치들이 날아와 벌레를 잡는다
햇빛이 물기를 말리기 전에
비닐을 씌우면 꽃처럼 웃는 주름
생생하게 솟아오른 걱정의 생토
제 가슴에 하얗게 뿌리내리면
주름지지 않게 꽃을 피울 것이고

가을엔 자랑스레 열매를 흔들 것이다

생토의 주름을 같이 만들고도
소는 여름내 개울가에서 낮잠을 잔다
세상에서 제일 고운 주름을 보고도
논둑 밭둑의 풀이나 뜯는 소의
등짝을 빗질하면 눈을 감는 소
제 잇속을 한 번도 주장하지 않는다
여섯 자식은 어머니의 여섯 주름
팔순이 넘은 지금도 자식 걱정,
아침저녁 논밭 가운데를 다녀가신다.

석류의 발설(發說)

금이 가고 통증 커질수록 석류는 자신에게 발견된다
두개골 깨지고 오장(五臟)이 밖에서 보일수록 자신에게
노출되는 석류의 내장이 밖으로 쏟아지면 석류는
자신을 만나는 것이 즐거운지 알맹이 붉거나 검다

살이 터지고 갈라질수록 자신에게 발견되는 통증
통증 커질수록 밖으로 밝게 걸리는 석류의 내재율
여름 깊어질수록 가을이 슬슬 양각(陽刻)되듯이
해가 저물수록 어둠의 천장으로 별 싱싱해지듯이,

제 중심을 뚫고 나오면 자신에게 다가오는 얼굴
자기에게 발견되고 통증이 환해지는 보람의 바람
자기에게 들키는 자신은 가장 아름다워지는 계절
자신에게 발견되는 자기는 가장 거룩해지는 시간,

석류는 자기를 발견하고 싶어 등뼈 갈라지게 한다
자신에게 아름다워지려 스스로 파열하는 석류에
바닥은 뚝뚝 떨어진 자해의 살점에 피가 낭자하다

참 자신 만나려는 석류의 지혜가 처참한 가을의 끝,

태양은 제 중심에 불을 질러 지구를 푸르게 하고
암흑의 물질은 당기면서 우주를 끝없이 팽창시키고
마침내 열매 모두 털어버리고 하늘에 걸린 나무처럼
오늘도 지옥은 하이에나 이빨로 물소의 내장을 열었다.

나이테의 시간

폭설이 뼛속을 쏘다닌 시간이다
식은 핏줄에 서릿발 돋아나
늑대가 칼부림하던 때다
북극과 남극의 발톱이
겨우내 오장육부를 긁어도
맨발로 걸어가던 시간이다

아무리 그래도 오리라는 봄
아무리 관(棺)에 못질을 해도
민들레 냉이 달려온 밭둑에서
분탕질 하는 나비를,
얼음이 온몸에 가득 찼어도
꿈꾸던 불구덩이의 시간이다

안이비설신의 삭제되어
앉거나 서고 듣지 못하여
도끼와 낫이 다녀가도
단지 알몸으로 받아내던

밑동을 톱질하여도
쿵, 하고 넘어지던 시간이다

나무 밖보다 나무 안에
더 많은 폭력이 다녀간 시간이고
아무것도 아닌 것이 나무라는
나무는 그저 봄이면 꽃 피고
여름엔 펄럭이다 옷을 거두면
나무였다는 자각(自覺)의 시간이다.

막걸리

길과 길이 꼬이고 접혔을 때
한 잔이면 절로 풀어져
진달래 개나리 얼굴에 피었다
자진모리 휘모리 섞어가며
굽이굽이 돌다 젓가락 툭 치면
가슴속으로 활짝 피었다

벌컥벌컥 마시는 것은
막걸리에 대한 예의
빈 술잔 척 내려놓으면
꽃들이 다투어 피느라
얼굴이 벌겋게 달아올라
여자는 자꾸 뜨겁다고 했다

주전자로 부으면 향이 솟는
북북 찢어야 맛나는 김치
쌩욕 띄우면 더 맛나는 것
산다는 것에 막걸리를 부으면

멀어진 것들이 막 그리워졌다
슬픔과 기쁨이 뒤섞였다.

말해봐

날씨 좋은 봄날 아침이니
사랑한다고 말해봐
내 치근덕거림에도 아내는
조선 여인처럼 웃지도 않고
눈만 끔벅이다가
"어서 가요 출근 시간 늦겠네요"
하며 등을 민다
에이 사람, 하고 투덜거리며
내려가는 계단 밑으로
구두를 햇살이 핥으며
온기를 내 몸에 맞춰놓는다
이웃집 울타리 너머
개나리는 이미 지고
목련화도 군데군데 털었는데
알싸한 봄바람은 겨드랑이를
계집애처럼 꼬집는다
그때 문득 떠오르는 것
아내도 눈으로 날 꼬집었지

그게 사랑한다는 말이었군
키득키득 혼자서 웃는데,
이번엔 햇빛이
뒤통수를 가렵게 데운다.

방(房) 그리고 손님

방 속에 내가 있고 내 속의 방에도 내가 있어
서로 손님이라 하고 서로 주인이라고 하지만
방 속에 있는 나는 분명 손님으로 와 있고
내 속에 있는 나도 손님으로 여행하는 중이다
그러면서 방의 그는 분명코 내가 주인이고
내 속의 나도 내가 주인인데 나를 밀어내고
서로 주인이라고 우겨대는 얼굴 들여다보니,

소나무 그림자 민들레 개나리 그림자 있고
송사리 개구리 고래 말미잘 몸짓도 있고
원생대부터 불던 바람 시생대 쏘다닌 번개
진달래 속잎에 속삭이던 나비의 밀어들이
서로 밀고 밀리는 물결이 강을 내며 흐르는
강둑으로 계절이 바다로 흘러가는 물소리에
나의 안감 겉감도 다 젖어 눅눅해진 입술,

옷을 벗고 벗어도 방 속에 여전히 내가 있고
내 속의 나도 벗고 벗어도 같은 그림이다

할 수 없이 방을 나서며 불 질러도 남는 방
다만 내가 나를 보고 나를 내가 보고 있으니
역겨워지는 나, 나를 역겨워하는 밤길로
빗방울에 젖는 잎사귀보다 더 젖는 웃음
천지에 하나의 점으로 찍혀 있어도 사는 그,

모든 방 잊을수록 그는 마침내 점점 작아졌다
나를 잃을수록 내가 더욱더 아득해져가도
하루 종일 호미질하면 여전히 굵어지는 핏줄
논두렁 밭두렁 낫질하고 개울에 척 누우면
등짝 너머로 소나기 뿌리며 달려가는 소나기
사랑하지 않았는데 미워하고 있는 방 속의 나
방이 없어지면 단지 태양은 환하게 반짝였다.

사람 속의 사람

산에 산만 있으면 아름답지 않겠다
산이 하나의 흙이 아니라 수백수천의
질료에 뿌리를 박고 살고 있는
수천수만 종의 나무와 목숨이 있어
비로소 산 사이로 물이 흐르고
폭포에는 하늘이 걸려 있고
구름은 천천히 흘러도 좋은 것처럼
사람에도 사람만 있지 않고
사람의 골짜기로 계절이 오가며
피워놓은 진달래 개나리 목련
소나기 우르르 달려가던 숲
가을의 문턱에 턱 걸리자 금세
들판을 독차지하는 눈보라 속을
걸어가는 고독한 사람이 보인다면
비로소 사람을 만나러 가야 한다
사람 속에 수만의 목숨이 살고 있지만
외롭게 떨고 있는 그가 진짜 사람
사람 속에 사람이 살고 있다면

그 사람만 진정으로 만나러 오겠다
사람에는 사람만 살아야 하지만
산 강 바다 심지어 은하수도 있어
사람을 찾기 어렵다고 하여도
사람만이 사람을 찾기 때문에
가장 쉬운 것이 사람을 만나는 것,
나는 오늘도 나를 찾는 나를 찾아서
커피를 마시며 같은 하늘을 웃으며 본다.

쉬운 방법으로 행복하기

불행하다 우울하다 울컥거릴 때
쉽게 행복을 되찾는 방법이다
모르면 모르지만 알면 쉬운 것
소주 청하 홍주 문배주 많지만
나는 막걸리다
행복이 바닥날 때 쉽게 채우는 법
오천 원 일만 원 또는 이만 원어치의
행복을 채울 수 있는 것,
새소리 들으며 산그림자 발자국
가슴에 새기는 것도 좋지만
나는 막걸리다 한 잔 마시면
발목에 찰랑이다가
석 잔 마시면 배꼽에 출렁이는 행복,
목구멍 남실거리게 하려면
우듬지 읽는 법 익혀야 하지만
대여섯 잔을 술술 마시면
금세 행복으로 높아지는 수위,
입 코를 지나 정수리 넘실거리면

죽음을 가로질러 넘쳐나는 열락
전봇대에 부딪혀도 깨지지 않는다
오늘도 일만 원어치 넣은 행복,
집에 도착할 때까지는
부처가 가운데로 춤추고 있을 것이다.

검은 산

산이 강물을 밀고 들어왔다
떠오르는 척 봄이 피었다
겨울이 남겨놓은 듯한
산비탈의 개나리 진달래
여름의 전초부대인 것 같은
민들레 냉이 달래의 몸내가
좀처럼 가시지 않는 저녁
검어지는 산처럼 만났다

산보다 검어졌는지 우리는
여름까지 말이 없던 그해
가을도 유난히 색색하였다
끝내 검어지고 말았는지
첫눈은 빈 논을 가로질러
가슴에 자꾸 쌓이었다
나중에 안 것은 우리는
산처럼 검어지지 않고,

강물 속으로 들어갔다
햇빛이 방문하지 못하는
햇빛으로 어두워지지 않는
어둠으로 검어진 시(詩)였다
강물이 산을 엎고 돌아왔다
여름이 헤엄치는 동안
나무들은 검어지기 시작했다
나중에 검어져야 속지 않았다.

지독한 대화

열흘 보이지 않던 고양이 올가미에 죽었다
저항할수록 가운데로 단단해진 원(圓)
반대 방향으로 달리던 발목 썩어도
항복한다며 발톱을 허공에 던졌어도
완벽한 동그라미로 파고드는
올가미에 목숨을 놓친 고양이로
구더기들이 싱싱한 대화를 하고 있다

누가 저렇게 동그란 세상을 놓았을까
구멍을 품고도 피어 있는 개망초
하늘에게 동그랗게 인사하면
같은 동그라미 음각되려 하지만
원(圓)은 캄캄한 대화법으로 묶여 있다
작아질수록 단단하게 물리는 침묵
빈틈없는 것이 동그란 자세였다

둥근 화두만 남기고 녹슨 올가미
목뼈가 단절되고서야 풀린 대화

검은 비명이 가득 찼지만 올가미는
여전히 하늘이 동그랗게 보이거나
푸른 하늘을 가득 품고 있다
바람 불면 원(圓)에서 춤추는 개망초
고양이도 원이 되었는지 울음소리가 가깝다.

불 꺼진 집?

사천 편의 시를 이십 년에 쓰자 텅 비었다
안방 윗방 다락에 올라 하늘을 올려보아도
시가 보이지 않는다고 이 시를 쓰고 있다
마당 울타리 뒷간 사립문 쓸어도 개울 건너
식은 재(災)만 소복이 마주친다

어디 멋들어진 시가 있을 거야 매일 뒤지지만
금맥(金脈)이 자라던 산도 누군가 치웠다
바다에 닿아 있던 강물도 잠적한 지(紙)에
시를 지으려 하지만 검불만 굴러다니는
담장의 맨드라미만 공연히 바라보는 여름,

가만히 돌아보니 이젠 불 꺼진 집이었다
식은 재가 된 나를 시월 한가운데로 띄우니
소나무 잣나무 참나무만 무성하게 자랐고
단풍나무 물푸레나무엔 이끼가 무성하다
골짜기 사이론 시시각각 가을이 깔리고 있어,

수상한 첫눈의 소식이 서릿발에 비치고 있다
우박 금세 우르르 쏟아질 것 같은 검은 구름
갈 데 없으면서 어디론가 부지런히 떠나고 있는
여름의 안이비설신의 발자국에 앉아본다
불 꺼진 집에도 함박눈은 겨우내 내리겠지?

0실(室)에 입원하기

0실에 누우면 진달래 개나리 마구 폈다
갈기갈기 찢어져 휴지로도 쓸 수 없이
가난해졌을 때 0에 들어가 누웠는데
구겨진 데 하나 없이 돌려놓는 산바람
한 푼 동전 없이 아무런 수고 없이
바위에 눕기만 하여도 처음을 선물하는 0,

죽음이 내 목덜미를 덜컥 물었어도
0의 마루 안방 마당 아무 데나 누우면
그만 이빨이 뽑혀 도망치는 것
0에서 한숨 자고 일어나면
세상에 없는 가장 좋은 옷이 입혀져
석 달은 빳빳한 옷으로 다닐 수 있다

사랑하지 못하고 아무도 찾지 않을 때
모든 기억을 지워버리고 싶거나
없어진 보물 찾으려 할 때 누우면
민들레 냉이 들판 가득하게 피어났다
그냥 할 일 없이 0에서 놀기만 하여도
소나기 후드득 다녀간 능선이 찾아왔다.

제4부

논이 사는 법

물을 빼고 벼를 베어내면 자신만의 시를 쓴다
벼가 형용사 관형사 접두사 감탄사를 엮어
가을의 가벼운 데를 골라 고개 숙일 때도
논은 그의 뿌리를 단단히 움켜쥐어 주었다
사람이 필요한 것만 가마니에 담아 돌아가면
여름내 품었던 이야기 갑골문자로 쓰는 논,

바람이 단단하게 하여 깊이가 컴컴해지는
틈과 틈으로 잉여의 벌레들이 드나든다
논바닥에 가득히 써논 천둥번개 이야기
산그림자는 아침저녁 더듬거린 비문(非文)
읽기도 전에 눈이 내린다 막막한 문장은
막막하게 내리는 눈만이 덮을 수 있지만,

겨우내 맑고 견고하게 간직하는 얼음으로
냉정히 품었다 가운데부터 풀어놓는데
해동된 그 첫 문장에서 헤엄치는 개구리
글자와 글자의 간격을 구름이 메우고 말면
태양이 높이를 잃고 깊이를 측량하는 봄
진달래는 처음처럼 붉은 속잎을 자랑한다.

노동 별곡

삼복에 쟁기질하면 금세 우들우들해지는 오장(五臟)
팔다리 너덜거리도록 쟁기질하다 개울에 담그자
뼈와 살이 제자리로 우두둑 물렸다
산나리꽃 웃음 숨골에 묻을 때는 식은 노동할 때
산도라지 허방 눌러 올 때는 발목 시린 노동할 때,

도로 접혀 떨어지는 해당화처럼 산그림자에 접히면
산에도 내 물그림자 이승과 저승의 변두리에 진다
해가 져도 뼈에 남은 햇빛 마른 쟁기질로 헹궈내고
어스름 밭둑에 걸터앉으면 꽃과 소가 마주하듯이
내 죄를 바라보면 발바닥에 밑줄 치는 그림자,

둔각으로 타는 재는 쓸쓸함을 무겁지 않게 한다
금이 간 박빙(薄氷)을 다시 세우려 상한 다리 돋우자
상처 서툴게 아문 자리마다 마중 나오는 달맞이꽃
길가에 외로움을 세워두고 비탈밭 갈고 또 갈면
손과 발에서 생토 냄새 가슴골에선 오랜 주검 냄새,

아무리 농사지어도 쟁기 밥처럼 쌓이는 마른 낙엽
아무리 뽑아도 돌아보면 또 돋아나는 푸른 잡초를
죗값 차라리 친절이라 여기면 적막해지는 하루
하루를 버리지 않고 헛간에 걸자 든든해지는 저녁
사람은 걱정거리로 산다는 말씀 마루에 놓는 어머니,

소쩍새는 언제나 가장 적당한 곳에서 울기 시작한다
냇물은 가장 듣기 좋은 거리에서 밤새 조잘거리고
송뢰(松籟)는 쓸쓸함이 슬픔으로 기울어지지 않게 하고
아주 어두워지지 않게 가운데서 반짝이는 북두칠성
뼛속 하늘에서도 별이 뜨고 해와 달이 꿈처럼 웃다.

화두(話頭) 또는 화두(花頭)?

자두 매화 산수유 벚나무 꽃치마를 벗자
웬일인가 고환이 있다 봄빛이 더듬자
계집애처럼 치마를 나풀거렸는데
덜컥 만져지는 알맹이로 즐거워지는 고민,

자우(滋雨) 다녀가자 푸른 옷을 둘러 입고
한여름엔 이두 삼두박근에 힘을 주다
찬바람에 색동옷과 고쟁이 벗어 던지고
눈보라 치는 겨울 무문관(無門關) 지나서,

다시 봄이 오자 힘껏 뽑아 올린 것은
기생 홑치마, 화두(話頭)를 풀었는가
마침내 화두(花頭)마저 풀풀 벗은 봄날에
나무마다 갑자기 만져지는 단단한 고환,

햇빛 눈부시게 쏟아지는 오솔길 지나서
고사리 숭숭 솟아나는 양지바른 언덕
복사꽃 흩날리는 실개천 몰래 건너서

나도 내 내재율을 가만히 만져보는데,

산비탈로 우르르 달려온 진달래 개나리
하굣길 우르르 쏟아져 나온 여학생들처럼
밭둑으로 줄지어 핀 이팝나무 조팝나무들이
화두에 화두(花頭)를 하늘 높이 자랑질하고 있다.

즐거운 쟁기질

여름 쏘다니는 화전(火田) 쟁기질하니
뼛골에 펴지는 새소리 물소리
나무의 자세로 죽음을 풀면
벌레 먹은 잎사귀에 맺힌 이슬
오랫동안 울혈의 햇빛이 비슬다
힘들어질수록 산으로 조용해지는
바깥으로 단순해지는 손과 발
쟁기질하고 폐선처럼 밭둑에 앉아
즐기는 억새의 푸른 운(韻),
병든 다리를 막걸리로 세우고
한 백 평 더 쟁기질을 한 뒤
사선(死線)의 밖으로 나가
아픈 가지를 물가에 버려두면
소금으로 결절하는 소름이 돋다
아무 때 아무렇게 쟁기질해도
갈비뼈 사이로 피는 개망초
바닥의 무게로 넓어지는 적막
언제나 평장(平葬)으로 저무는 하루

등짝을 식은 바위에 널자
골수 삭이는 슬픔마저 익히는 노을,
사는 것이 껍데기로 읽혀도 달빛이
발목 비추면 먼 데부터 달맞이꽃 환하다.

속도

툭하면 앞서거나 늦게 내가 도착하다
맞게 도착하여도 멀리서 허덕거리며
기다려도 좀처럼 따라오지 못하는
돌부리 또는 나무에 걸려 나풀거리는
개울에서 한가롭게 발목으로 장난치다
아예 밭둑에 누워 잠자기도 하는
밤이 되어 보이지 않아 되돌아가 보면
저수지 물결에 반짝거리고 있는 나,

따라오던 내가 툭하면 보이질 않아
숨어보면 함박눈으로 막 달려오는
여름엔 소나기 몰고 쏘다니는
고구마 감자꽃으로 피기도 하는
송사리 피라미로 달아나기도 하는
나는 나보다 안이거나 밖이었다
나 몰래 앞서서 마구 달려가
진달래 개나리 철쭉으로 피었다가,

내가 도착하면 툭 떨어지기도 한다
그래서 나는 늘 내가 아니었다
지금은 내가 올려다보고 있어
달아나지 못하고 있는 마당에
물을 뿌리자 이파리 넓어지는 오후
나와 내가 하나로 넘어지는 시간은
마른 가지마다 버섯이 부풀거나
연못이 하늘을 한가득 들고 있을 때.

죽음이 웃는 뜻은?

칭찬과 욕설 드나들던 구멍 파리가 독차지하고
소리 수집하던 귓속에선 벌레 드나든다
풍경을 담던 동공 개미가 밟고 다니고
똥 싸던 항문은 구더기가 넓히고 있다
그녀는 가족만을 위해 살았다고 했다
한두 푼 모아 가을에는 집을 살 것이라고,

남편과 자녀들이 시체에 엎었다
살림살이는 놋그릇 소리 난다 하였다
사인(死因)은 우울증이라고 포장했다
허기는 물로 채웠는지 부풀어 있다
죽음에서야 해소되었는지 게우고 있다
그녀를 죽이고 그림자를 품은 저수지,

그녀를 삼키고 아무 일도 없다는 듯이
가운데로 해를 뜨겁게 껴안고 있다
그녀를 벗긴 물살은 코스모스와 춤추다가
온몸으로 안은 것은 자신뿐이라며 저문다

모든 사연을 물속에 다 풀어놓고서야
평화로워졌는지 물가로 나온 그녀,

죽은 지 보름 만에 물속에서 나와
식구를 만났다 이승의 실타래가 풀린 그녀를
식구들은 달아나지 못하게 손발을 묶었다
관에다 못질하곤 아예 냉동고에 넣었다
덤으로 웃는 사진을 국화꽃으로 장식했다
이젠 그녀도 만족스러운지 밤에도 웃는다!

이탈? 속탈? 해탈?

자동차에 깔려 애멀게 절룩거리는 뼈를
들키고 싶지 않고 아주 숨기고 싶어
산굽이 돌고 돌아 다시 바위로 가린
멍석 같은 마당에 햇빛만 찾아오고
바람만 할 일 없이 놀다가는 울타리
어떻게 내 사는 주소를 알고 찾아와
봄은 산수유꽃을 마구 피워놓았다

개나리 진달래 목련도 휘어진 꽃가지
민들레 엉겅퀴 원추리 미나리 제비꽃도
몽땅 찾아와 오히려 천하에 들통난 주소
그래도 본적은 숨기려 눈썹을 내리자
이곳에도 나비 벌 새와 구름 찾아왔다
밖의 손님보다 하나도 모자라지 않은
손님들이 한가득 찾아와 안팎으로,

가득한 손님들 때문에 본적과 주소가
하나의 아침과 저녁을 맞는 텃밭에

오늘은 소나기 더듬거리며 다녀간
골짜기로 나리꽃은 듬성듬성 웃었다
나는 겹겹이 돌담의 울타리를 쳐놓아도
계절은 울타리마다 꽃을 피우고 말아,
언제나 나는 나를 한 번도 가두지 못하다.

방화(放火)

봄이 오자 나무마다 누군가 불을 지르고 있다
민들레 냉이도 깨어나 불꽃을 머리에 달고 있다
나무의 뼛속에서 나온 불은 비가 내릴수록
개울과 강에 물이 넘칠수록 싱싱해지는
불꽃이 파랗게 찬란해질수록 돋는 잎사귀에
버들가지는 이미 온몸이 파릇파릇하다

나무에서 피어나는 불은 나무를 웃자라게 하고
나무속으로 파고드는 햇빛은 나무의 불이
하늘을 향하여 직각으로 타오르게 한다
햇빛이 경칩을 넘어 사월을 비추자
나무에 가득했던 불이 밖으로 나오면서
꽃으로 펑펑 터지는 불꽃에 데이는 사람들,

그 뜨거운 화상에 아이고 아이쿠 어머나!를
엎지르는 탓에 길바닥이 즐겁게 흥건하다
오장이 몽땅 그을리거나 타버린 사람들은
밤늦도록 걷고 또 걸었어도 지치지 않는지

아예 나무 밑에서 술 마시고 싸움질도 하고
시인들은 시를 쓰지 않으면 아프고 마는 불,

나무 안의 불을 만지고 싶으면 나무와 함께
햇빛이 안방에 가득할 때까지 걸어야 한다
나무의 불 속에 들을수록 피어나는 웃음
나무의 불꽃에 뼈만 남을수록 건강해지는
불이 몸에 가득해졌는지 자작하는 다비식,
뼛속의 뱀들도 신이 났는지 나뭇잎 반짝인다.

허물벗기

코로나에 어머니가 사흘 만에 돌아가셨다
길가에 떨어진 매미처럼 옷을 벗듯이
식은 몸만 남겨두고 돌아오지 않는다
이미 날은 저물어 어스름이 밀려드는데
여섯 자식이 하염없이 울고 있지만
구순의 어머니 오는 길을 잃으셨는지
퇴행성관절염으로 어디서 쉬고 있는지
좀처럼 등불 켜지지 않는 안이비설신의,

구십 넘게 입으신 옷 정녕코 벗으셨다
다신 입지 않겠다는 듯이 모든 등을
꺼버리고 찾지 못하는 곳으로 숨으셨다
자식들의 울음에도 단단히 문을 잠그고
아무도 열지 못하는 곳으로 잠적하시자
빈집이라고 대문에 못질하는 장의사
금은보화 하나도 없는데 사립문을 닫는
장의사를 한 번도 말리지 않는 불효자식,

밖에는 함박눈이 펑펑 내리고 있는데
울릉도는 몇 년 만의 폭설이라 하는데
다리 절룩거리시며 어디를 가고 계시나
가고 싶으신 데 마침내 도착은 하셨는가
어머니의 빈 옷을 냉동실에 다시 넣고
괴로운 척 핑계 삼아 밤새워 마시는 술
기도하는 척 무릎에 펼쳐놓은 성경책에
산골짜기보다 더 많은 눈이 내리고 있다.

매화가 피는 뜻은?

선수 쳤다 봄이 언제 올지 두리번거리는 사이 내밀었다
며칠쯤 또는 생각하는 사이로 넘어오겠다 하며 냇가에
손을 씻고 돌아서는 뒤통수를 치며 매화꽃이 피었다
생각할까 말까 하는 생각을 주먹으로 후려쳤다

매화에게 선수 빼앗김으로써 가장자리가 넓어졌다
매화에게 시퍼렇게 맞는 날일수록 햇살이 눈부셨다
매화에게 앞자리 놓치지 않으려는 수작이 엉킬수록
생각지도 않는 데서 목숨이 밖으로 헐떡거렸다

안전하겠지 이젠 걱정 없겠지 하며 단추 풀었을 때
확 뿌렸다 확 잘랐다 매화는 단숨에 거푸집을 베었다
매화나무에 기대면 매화나무가 발신하는 문자들이
세수할 적마다 생피처럼 손바닥에서 묻어났다

이젠 맞고 맞았으니 다신 절대 맞지 않겠지 하면
매화나무는 때린 데를 때리고 다시 꺼멓게 잘랐다
뭐 이런! 하는 분노 한숨 절망을 고깃점으로 널었다

멀쩡히 알면서도 번번이 빼앗기는 선수(先手),

진달래 개나리 목련들도 안 그런 척 치는 뒤통수로
나는 나를 알게 되고 알게 되는 만큼 나무가 자라나는지
발등 어디쯤 손목 발목 거기쯤 또는 허파 심장
언저리쯤에서 나무 그림자가 저녁마다 걸어 나갔다.

죄가 없는 나무가 되어

나무가 되어 바람에 흔들리고 싶다
소나무를 만나면 소나무
물푸레나무를 만나면 물푸레나무로
한나절 햇빛에 내장을 널었다가
소나기에 오장(五臟)이 다 젖어버려
저녁이면 바람에 말리느라
저 홀로 뒤척이는 나무이고 싶다

나무를 만나려 애쓰기보다
나무이면 저절로 생겨나는 줄기와 잎새
아무래도 생기지 않던 나이테
온몸 가득하게 그려지겠다
나무이고 싶어 숲으로 들어가면
한때 나무였는지 환상통을 앓는다
즐거운 통증에 가려워진다

솔기 풀리면 나무가 마침내 자라나
손끝 발끝으로 나뭇가지 흔들리는 소리

환락을 즐기는 꽃송이에
한동안은 먹먹하거나 캄캄해진다
나무가 되어 하느님 부처님 말씀
오롯한 줄기에 새가 앉으면
척, 휘어지는 시간은 얼마나 좋았던가.

아버지와 이별하기

갑작스레 아버지 돌아가시자
동급이던 물건들이 꽁꽁 묶여
수인(囚人) 되어 끌려 나온다
어깨를 돋보이게 하던 모자
밥상을 독차지하던 수저
대들보 받치고 있던 바지
언제나 진흙이 묻은 장화
사형수처럼 풀이 죽었다

강제로 끌어내어도
달려 나오지 않는 주인
비에 간간이 젖지만
누구도 야단치지 않는다
아들에게 붙들려 나온
짐짝으로 실린 아버지를
동구 밖에서 불을 댕기자
마지막 뜨겁게 말씀하셔도
재(災)로 변환되는 유언(遺言),

아무것도 남기지 말라고
이젠 잘 가시라고
뒤척이면 매캐한 연기로
한 번 더 훈계하시지만
불씨를 개울에 던지는
흙으로 정리하는 아들
개울 넘어 하늘로 무너지는 추억
먹구름에 쓸려가는
자식에게 쫓겨나는 아버지다.

시(詩) 채집하기

저녁 어스름 남산 숲길을 걷는데
거미가 거미줄 슬슬 날리고 있다
허기의 시작점을 잡으려 한다
거미줄이 건너편 나뭇잎 물면
귀신보다 적당한 탄력을 매긴다

나도 허공을 보며 어딜 짚으면
시가 잡힐까 관찰한다
아니면 몰래 써놓으신 하느님
시가 있을까 숲을 독서해본다
호랑이처럼 안광을 내 읽는다

왕거미는 이미 허공에다
죽음의 시를 던져놓고
나뭇잎 뒤에서 가라고 부라린다
살생(殺生)의 시에 맺힌 이슬
노을 비추자 황금빛이다

소나무 잣나무 벚나무에
몇 행의 시가 걸려 있지만
실이 마땅치 않아 걷기만 하는데
금세 나비가 걸린 거미줄에는
가을 냄새가 배경으로 걸렸다.

옷 벗기

벗고 벗어도 벗어지지 않는 것이 나[我]다
괭이질에 떨어지는 것 단풍잎만 아니다
삽질에 잘라지는 것 나이테만도 아니다
벗으려 해도 나는 끝내 벗겨지지 않은
나 또는 자신 또는 내가 내려다보는 나,

어디선가 또 다른 나를 보는 즐거움을
별이 훔쳐보는 것 옆에서 다시 바라보는
마침내 벗어도 벗어지지 않는 나를
물결이 만지러 오면 하루가 부족하지 않고
아무도 오지 않아도 적막하지 않은 마을,

오히려 찬바람 한가하게 문지방 드나들면
넓어지는 먼 저녁으로 보름달이 방문을
두드린다 아무도 없어 캄캄해진 골짜기
젊은 짐승의 피 울음소리 능선으로 붉다
벗어도 벗어지지 않는 나를 만나는 때는,

저수지 바닥에 환하게 깔리는 하늘처럼
물가 나무의 그림자 피우다 달아나는 여름
뱀과 개구리가 외면하는지도 모르는 풍경
겨울은 소문 없이 들이쳤다가 뱉어내는 봄
어쩔 수 없는 것을 당연하게 웃어대는 날,

나는 나 끝내 벗지 못할 것이다 벗기려는
손을 벗으려 한다는 것은 새가 웃을 일
다만 땀 뻘뻘 흘리면 가난해질 수는 있다
가지마다 봄이면 꽃이 만발하게 필 것이고
세상 한구석 잠시라도 환하게 저물 것이다.

하느님의 시(詩)를 읽자

쓰지 말고 하느님이 써논 시를 읽자
우리가 쓰는 시는 수상하다
개구리 가재 한 마리 살지 못한다
진달래 개나리 목련 뿌리 내리지 못하고
여름엔 비 한 방울 내리지 않으며
봄이 와도 민들레 한 송이 피지 않고
겨울이어도 눈보라 치지 않는다

춘하추동 하느님이 쓰는 시를 읽자
물결치는 보리밭엔 여치가 있고
가을이면 산비탈 구르는 도토리가 있는
하느님의 시를 읽자
발목을 담그며 읽어도 좋은 해변
땀 흘리며 능선에 오르면
소매를 덥석덥석 잡는 바람이 있다

천둥번개 치는 구름 사이 태양
더덕 향기 풍기는 골짜기에 으름넝쿨과

까맣게 익어가는 머루
하늘이 늘 비치고 있는 시를 읽자
읽다가 먹어도 좋은 하느님의 시
그냥 두어도 봄이면 싹이 나는 시를,
죄가 까매지도록 하느님의 시를 읽자.

폭설이 내리는 마을

고혈압에 오십 고개 넘어진 뒤 아버지는
끝내 못 일어나 앞산으로 건너가시고
나는 고등학교 졸업하고 현대중공업
퇴근하다 열흘 만에 자동차에 깔리고
일 년 뒤 겨우 일어나 고향에 돌아와
게으름이나 뜯어먹다 비탈 밭머리에
쟁기를 대니 뼛속에서 불쑥 폭설이다
진달래 개나리 만발하고 민들레 냉이
논둑 밭둑에서 마구 피어 인사하는데,

내 오장육부에는 폭설이 내리는 것이다
가로막힌 눈발에 어지러운 것 읽고
갈지자로 이랑을 넘어 다니는 황소를
아무리 야단쳐도 제 길만 가는 소
똑바로 가라 고삐를 세게 잡아당겨도
들과 산이 하나의 번지로 묶여
설국으로 날아간다는 소문이 퍼졌는지
툭하면 이팝나무 꽃에 코를 박는다

곧 벚나무도 핏물 터질 것을 아는지,

떼굴떼굴 굴리는 커다란 눈알 속에는
내 핏속보다 더 많은 폭설이 내렸다
구름 한 점 없는 푸른 하늘 너머로
하나의 강 하나의 바다만 있는 것이다
기왕에 내리는 폭설 나도 하나의 마을
하나의 이름 하나의 집만 남으라고
쟁기를 깊게 대면 곧잘 주저앉는 소,
말 못 하는 짐승이라고 함부로 하지 마라
뼛속의 잔소리에 가끔 서성이는 눈발이다.

시(인)의 수행 정진,
'태초의 내재율'에 공명하는

고명철

1.

　강태승의 시집 『죄의 바탕과 바닥』을 찬찬히 음미하는 내
내 시집의 세계를 이해하는 데 흡사 열쇠 말로 다가오는 시
가 있다. 「물방울과 햇빛」이 눈에 밟히는 이유다.

　　　물방울이 새벽 예불하러 가는 수좌의
　　　발목에 숨어 불당으로 가고 있다
　　　시생대 적시고 원생대 가슴에 고였다가
　　　고생대의 눈동자를 반짝이게 하던
　　　길짐승 날짐승의 발톱과 날개를
　　　세웠던 물방울이 새벽 예불을 한다
　　　하늘 땅 억년에 억년 오르내리다가
　　　수좌의 발목을 적신 아침이다
　　　세상의 슬픔과 기쁨 다녀왔지만
　　　어느 것 기억하거나 저장하지 않고

햇빛에 반짝 웃고 마는 물방울이
오늘은 발목에서 머무는 시간,
구더기 분뇨에 섞이고 개구리와 뱀
뱃속에 있었고 사자 이빨을 적시던
물방울이 지금은 향이 가득한
그것도 수좌와 절을 하는 때,
햇빛이 따라온 것인지 지나는 것인지
낡은 용마루에서 놀다가 대웅전으로
쑥, 들어와 발목을 말리고 있다
물방울 찾아왔다고 대웅전에 서 있다.

— 「물방울과 햇빛」 전문

위 시에서 물방울은 어떤 대상인가. "시생대 적시고 원생대 가슴에 고였다가/고생대의 눈동자를 반짝이게 하던"에서 짐작해볼 수 있듯, 물방울은 우주의 뭇 존재의 생명으로서 자기 존재의 근원적 그 무엇과 자기 형상을 갖도록 해준 태곳적 영험함을 지닌다. 그런데 이토록 신성(神性)의 속성을 띤 물방울은 "구더기 분뇨에 섞이고 개구리와 뱀/뱃속에 있었고 사자 이빨을 적시"듯, 비루하고 미천한 것들 사이에 있을 뿐만 아니라 타자의 존재를 위협하고 심지어 그것을 앗아가 자기 존재의 위엄을 보이는, 곧 신성(神聖)의 정반대인 속화(俗化)의 속성도 지닌다. 여기서 눈여겨볼 게 있다. 이 "물방울이 새벽 예불하러 가는 수좌의/발목에 숨어 불당으로 가"는데, 수좌의 대웅전 예불 수행에서 햇빛이 "쑥, 들어와 발목을 말

리고 있"는 장면이다. 차마 말 못 할 숱한 사연을 가진 수좌
는 속세를 떠나 불가에 입문하여 도량(道場)에서 불성(佛性)에
이르는 수행 정진 중이다. 이 수행이야말로 물방울이 함의한
성(聖)과 속(俗)의 진성(眞性)을 온몸으로 깨우치는 것이되, 여
기에는 햇빛이 온축한 성과 속의 진성이 물방울과 서로 조우
하는 가운데 불성을 득의(得意)하는 경이로움의 속성을 띤다.

수좌의 이러한 수행 정진은, 달리 말해 강태승 시인의 시
작(詩作)과 관련한 일체라 해도 과언이 아니다. 강태승 시인의
이번 시집을 관류하고 있는 것은 「물방울과 햇빛」에서 음미
한바, 수좌로서 시인이 불성을 득의하고자 부단히 수행 정진
하는 시작(詩作)의 경이로움 자체다.

2.

그런데 이 경이로움은 지극히 자연스러움을 동반한다. 이
것이야말로 강태승 시세계의 비의성(秘儀性)이고 시적 매혹이
다. 가령, 슬픔에 대한 다음 시를 살펴보자.

봄이 오자 뱁새가 다시 날아오른다
자식이었던 뻐꾸기를 잃어버리고
뻐꾸기에게 모든 사랑을 주고도
꽃가지에서 놓치지 않는 균형
수컷이 가지를 출렁이며 솟아오르자
멀지도 가깝지도 않게 따라가는

골짜기에는 어느새 붉은 진달래

　　목련이 뻐꾸기처럼 입을 착! 벌리고 있다.

—「슬픔의 기원」 부분

　뱁새는 자신의 둥지에서 부화한 뻐꾸기를 자신의 새끼인
양 지극정성으로 키운다. 둥지의 주인 뱁새는 뻐꾸기의 파렴
치한 본능이 뱁새가 낳은 알을 죽음으로 내몬 것도 모른 채
뻐꾸기의 성장에 전심전력한다. 그렇게 성숙한 개체로 무사
히 성장한 뻐꾸기는 어디론가 떠나고 텅 빈 둥지의 공허함에
못이긴 뱁새는 "봄이 오자" "가지를 출렁이며 솟아오"른다.
또다시 뱁새는 짝을 찾아 사랑을 나눠 생명을 잉태하고 둥지
에 자신의 알을 낳겠지만, 이 순간을 애타게 기다려온 뻐꾸
기는 어김없이 뱁새의 둥지에 다시 알을 낳고, 뻐꾸기의 본
능은 뱁새의 맹목적 모성을 뻔뻔하게 훔친다. 이들의 이 무
섭고도 냉엄한 생태 질서가 아무렇지도 않은 듯 봄철 만개
한 "붉은 진달래/목련이 뻐꾸기처럼 입을 착! 벌리고 있다."
이 봄꽃들도 뱁새와 뻐꾸기처럼 우주 삼라만상의 오묘한 관
계와 질서에 따라 대지에 그 아름다움을 피워내 생의 절정을
향해 진력할 터이다. 아이러니하지만, 이 모든 과정은 자연
스러움의 섭리이며, 그래서 예의 시적 재현이 자아내는 경이
로움의 시적 감응력은 배가된다. 여기에는 뒤늦게도, 뱁새의
처지에서 다른 생명을 애오라지 키운 자신의 어리석음에 대
한 한탄과, 뱁새를 속인 뻐꾸기를 향한 분노가 뒤엉킨 가운

데 아려오는 슬픔의 정동이 자리하고 있음을 주목해야 한다. 하지만 이 슬픔의 정동이 마냥 슬픔의 심연을 맴도는 게 아니라 생명의 찬란함과 자연스레 이어진다는 것이 바로 강태승 시의 경이로움의 비밀이다.

　이러한 슬픔의 정동에 대한 온전한 이해는 시적 화자가 생무를 씹으면서 슬픔이 동반하는 허기와 다른 차원, 곧 '슬픔의 풍요'가 미치는 시의 경이로움으로 우리를 인도한다("다른 목숨을 먹는 것은/다른 슬픔을 먹는 것/(중략)/뱃속이 슬픔으로 든든하다."―「슬픔 깎아 먹기」부분). 그래서일까.

> 삼십 년 아버지의 술주정을 수발한 어머니
> 툭하면 울타리 밖으로 차버리다가
> 마지막엔 사십 과부로 만들고 문득 가버린
> 아버지를 구순이 되어서야 보고 싶다는 말씀,
>
> 겨울 지난 봄날 모든 꽃은 울화의 꽃이었다
> 울화가 무거울수록 가벼운 쪽으로 꽃피었다
> 어머니도 마침내 울화(鬱火)가 울화(鬱花) 되었는지
> 툭하면 느, 느그 아부지한테 갈란다 하신다.
>
> ―「울화(鬱火) 또는 울화(鬱花)」 부분

에서, 구순(九旬)의 어머니가 삼십 년의 술주정과 "사십 과부로 만들고 가버린" 남편을 향해 무겁디무겁게 맺힌 울화(鬱火)를 피워내며, "느, 느그 아부지한테 갈란다"는 애달픈 그녀의

곡심(曲心)이 만화방창(萬化方暢)을 무색하게 할 정도 울화(鬱花)를 가볍게 '툭' 피워내는 시적 서사에 깃든 삶의 진실을 우리는 짐작할 수 있다. 인간이 혜량할 수 없고 도저히 감당할 수 없는 존재론적 가벼움/무거움은 그녀가 반평생 품고 삭혀낸 '슬픔의 풍요'에 의한 존재론적 성찰을 나타내기 때문이다.

여기서, 이 '슬픔의 풍요'가 존재론적 성찰의 힘을 수반하고, 시적 감응력이 배가하는 데에는 인간의 삶을 넘는 야생의 존재에까지 두루 미친다. 그리하여 이번 시집에 산포돼 있는 아프리카 야생동물의 먹고 먹히는 생태 질서는 약육강식 정글의 세계를 인간 문명의 시선으로 대상화하여, 야생의 반문명적 야만스러움을 부각함으로써 인간 존재의 생태적 및 사회적 진화론의 우월성에 초점을 맞추는 게 아니라 그 야생의 생태마저 '슬픔의 풍요' 바깥이 존재하지 않는다는 시적 통찰을 보인다는 점에서 흥미롭다(「폭력이 푸른 세렝게티」, 「죄의 꽃이 핀 아프리카」, 「물소와 사자의 지옥 건너가기」, 「맛나게 죄를 먹고 있다」). 그중 다음의 시적 재현을 주목해보자.

하이에나가 물소 허겁지겁 먹고 있다
표범이 영양을 부위별로 먹고 있다
아나콘다는 사슴을 통째로 삼켰고
밤은 낮을 낮은 밤을 교대로 먹었다
아버지는 아들을 아들은 아버지를
어미는 딸을 딸내미는 어미를 삼켰다

(중략)

아침에 나가보면 뼈만 달랑 남은 물소
코끼리도 이미 반은 텅 비어버렸어도
늘거나 줄지 않은 세렝게티의 바람
부처님은 중생의 소원을 먹고 있고
하느님은 세상의 죄를 드시고 있고
나는 입맛이 없어 오므라이스를 먹었다.

　　　　　　　　　—「맛나게 죄를 먹고 있다」 부분

　아프리카 초원 세렝게티는 생태계가 파괴되지 않는 한 먹고 먹히는 생태의 자연법칙 그 반복성이 지탱되는 먹이사슬의 연쇄로 이뤄져 있다. 심지어 낮과 밤도 서로 먹고 먹힐 뿐만 아니라 부모와 자식마저 서로 먹고 먹히는 무한 반복의 연쇄로부터 자유로울 수 없다. 시인에게는 그래서 세렝게티 초원은 흡사 지옥과 유비 관계를 이루는 시적 은유인 셈이다("죽어서 가는 곳이 지옥이 아니라/내 손목 발목에도 지옥이 도착해 있다."—「죄의 꽃이 핀 아프리카」 부분). 그런데 이 시적 은유가 예사롭지 않은 것은 종교와 일상의 영역을 두루 아우른, 먹고 먹히는 먹이사슬로서의 자연생물학적 법칙에 대한 과학적 진리가 온전히 포괄할 수 없는 생태 질서를 수용한 뭇 존재의 '슬픔의 풍요'에 대한 시적 공명이 번지기 때문이다. 중생에게 자비를 베푸는 부처와, 인간의 원죄와 잘못을 용서하며 사랑하는 하느님과, 입맛에 맞는 음식을 추구하는 인간 모두가 바로

151

이 시적 공명에 동참하고 있음을 시인은 주시한다.

3.

이와 관련하여, 쉽게 가시지 않은 시적 물음이 있다.

> 지옥을 바탕으로 큰 것이 천국인가
> 천국의 바닥으로 온 것이 지옥인가
> 죄의 바탕을 만나려면 어느 바닥을
> 열고 들어가야 하고 죄의 바닥을
> 읽으려면 어느 바탕을 지워야지?
> 오늘도 태양은 연못의 바탕에 있고
> 연못의 바닥에서 연꽃이 웃고 있다.
>
> —「죄의 바탕과 바닥」 부분

이번 시집의 제명이기도 한 '죄의 바탕과 바닥'은 '지옥/천국'의 대위적 인식과 상상에 제동을 건다. 지금까지 몇 편의 시를 톺아봤듯이, 강태승의 시편들은 시(인)의 수행 도정과 다를 바 없다. 「물방울과 햇빛」의 수좌승이 시인과 동일성을 갖듯, 그렇다면 불도(佛道)에 수행 정진하는 '수좌승=시인'에게 '지옥/천국'은 서로 정반대의 대위적 윤리철학 세계로 함부로 구분되는 게 아닌, 다시 말해 불가의 불이론(不二論)이 함의하는, 근대의 합리적 이성으로 서로 다름을 인식하고 구별 짓기하여 타자를 맹목적으로 배척하고 타매하는 것과 다른 차원의 진리 탐구를 요구한다. 강태승 시의 '슬픔의 풍요'가 자아내는 시적 공명에 감응하는 이유다. 그러면서 '죄' 자체를 전면 부정하는 것은 결코 아니다. 다만, '죄'를 낳는, 그리고 '죄'와 연루된 것과 절연된, '죄'의 어떤 고유 영역을 '죄의 바탕과 바닥'으로 구분 지을 수 없다며 수행 정진하는 '수좌승=시인'의 존재를 거듭 주목하자.

그리하여 강태승 시인에게 수행 정진은 밭을 가는 쟁기질의 노동에 대한 시적 재현으로 나타난다.

> 아무 때 아무렇게 쟁기질해도
> 갈비뼈 사이로 피는 개망초
> 바닥의 무게로 넓어지는 적막
> 언제나 평장(平葬)으로 저무는 하루
> 등짝을 식은 바위에 널자
> 골수 삭이는 슬픔마저 익히는 노을,
> 사는 것이 껍데기로 읽혀도 달빛이
> 발목 비추면 먼 데부터 달맞이꽃 환하다.
>
> —「즐거운 쟁기질」 부분

> 아무리 농사지어도 쟁기 밥처럼 쌓이는 마른 낙엽
> 아무리 뽑아도 돌아보면 또 돋아나는 푸른 잡초를
> 죗값 차라리 친절이라 여기면 적막해지는 하루
> 하루를 버리지 않고 헛간에 걸자 든든해지는 저녁
> 사람은 걱정거리로 산다는 말씀 마루에 놓는 어머니,
>
> —「노동 별곡」 부분

돌멩이는 햇빛에 얼굴을 새롭게 말린다
사선(死線) 즐기며 밭둑으로 달아나는 개구리
언제나 영점의 자세로 백지 내미는 숲
쟁기로 겨울의 발자국을 갈아엎자
태초의 내재율이 무럭무럭 피어났다

―「노동의 선물」 부분

"골수 삭이는 슬픔"(「즐거운 쟁기질」)을 동반하는 쟁기질은 농
사의 기초다. "아무리 뽑아도 돌아보면 또 돋아나는 푸른 잡
초를"(「노동 별곡」) 제거하며 고루고루 흙의 바탕을 뒤섞어주는
쟁기질 노동을 게을리하면 농사가 잘 될 턱이 없다. 따라서
"쟁기로 주름 실하게 만든 산비탈에" "퇴적층이 주름 아니라
바탕 또는 흙"(「주름 또는 걱정의 힘」)을 부지런히 객토하는 노동
의 "죗값 차라리 친절이라 여기면"(「노동 별곡」), 그것이 평생 농
사에 전심전력한 어머니의 존재와 삶이 시인의 공부 바탕으
로 여기는 수행 정진 그 자체다. 여기에는 쟁기질의 수행 정
진을 통해 봄철 생명의 기운을 북돋우는 흡사 제의(祭儀)를 관
장하는 제사장의 신성성이 자연스레 포개진다. 말하자면, 얼
어붙은 "겨울의 발자국을 갈아엎"는 쟁기질은 봄을 맞이하
여 봄철 새 생명의 비약과 약동의 "태초의 내재율"을 감응하
는 신성스러운 노동이다(「노동의 선물」). 이것은 강태승 시인에
게 시작(詩作)과 관련한 '오래된 새로움'의 비밀을 발견하도록
한다. 우리가 망실하고 있거나 둔감해 있던 '태곳적 내재율'
에 공명하는 시의 비의성을 강태승 시인은 쟁기질의 세속적

노동으로부터 주목한다. 아무리 첨단의 (탈)근대 시작(詩作)에 대한 이해가 쌓이고 있지만, 시의 본연적 자기 존재 기반인 '태곳적 내재율'을 등한시할 수는 없다. 우주 삼라만상의 떨림과 그 어떤 불협화음이 공명하는 우주적 내재율이 '오래된 새로움'으로서 시의 존재를 거듭나도록 한다 해도 지나친 말이 아니기 때문이다.

4.

이 시집을 읽으면서, '태초의 내재율'이 시인의 일상 속 사소한 행복으로 스멀스멀 번져가는 장면들이 눈에 밟힌다. 가령, 시적 화자가 출근하기 전 아내의 사랑을 확인하기 위해 사랑한다는 말을 재촉하지만 아내는 눈만 끔벅하며 출근을 서두르라며 남편의 등을 떠미는데, 남편은 아내의 쑥스러운 언행을 안타까워하며 출근길 봄바람과 봄꽃과 봄 햇살의 사위에서 아내에게 듣고 싶던 사랑의 말을 상기하고 키득키득 혼자서 웃는다(「말해봐」). 봄철 출근길의 이토록 사소한 풍경 사이에는 오묘하지만 자연스러운 봄철의 떨림, 즉 '태초의 내재율'이 흐르고, 남편의 웃음은 이것에 조응한다. 그런가 하면, 불행과 우울과 행복할 때마다 술술 마시는 막걸리는 심지어 "입 코를 지나 정수리 넘실거리면/죽음을 가로질러 넘쳐나는 열락"에 대취하도록 하여 "오늘도 일만 원어치 넣은 행복,/집에 도착할 때까지는/부처가 가운데로 춤추고 있을" 만큼 신묘한 떨림의 율동을 만들어낸다(「쉬운 방법으로 행복하기」). 이토록 빠른 시간, 인간의 세속과 종교의 신성을 넘나드는 경이로운 행복의 경지에 이르도록 하는 일상의 묘법이 있을까. 막걸리에 대취하며 흔들리는 신체와 정감의 떨림도 역시 '태초의 내재율'이듯, 시인의 이러한 시적 재현은 '오래된 새로움'으로서 시 본연이 품고 있던 '태초의 내재율'에 대한 감응과 교응이다.

시집 해설을 마치며, 강태승 시인의 시적 수행 정진이 불이론(不二論)과 성속(聖俗)의 포개짐과 어떤 경계의 자연스러운 넘나듦이 함의하는 시적 진실의 도정임을 주목하고 싶다. 아울러 그의 시작(詩作)이 우리의 일상 속 '태초의 내재율'을 향한 시의 감응력이 배가하는 것임을 주시하고 싶다. 그럴 때 우리는 시적 화자가 막걸리를 마시며 슬픔과 기쁨이 뒤섞이는 삶의 떨림에 대한 시적 재현으로서의 내재율이 미치는 시의 감흥에 함께 전율할 터이다.

> 주전자로 부으면 향이 솟는
> 북북 찢어야 맛나는 김치
> 쌩욕 띄우면 더 맛나는 것
> 산다는 것에 막걸리를 부으면
> 멀어진 것들이 막 그리워졌다
> 슬픔과 기쁨이 뒤섞였다.
>
> ──「막걸리」 부분

막걸리 맛은 주전자로 부어야 하고, 김치를 손으로 북북 찢어야 하고, 안줏거리 대상을 향해 맵짜한 욕설이 간간이 섞여야 제맛이다. 막걸리 맛에 어울리는 사소하고 비루한 이것들이 한데 적절히 합쳐져야 분주한 일상에서 미뤄뒀던 "멀어진 것들이 막 그리워"질 터이다. 우리네 삶이란, 바로 이런 '태초의 내재율'을 바탕으로 한 것이 아닌가. 그렇다. 모처럼 시 본연에 어울리는 강태승의 서정의 율격에 대취해본다.

高明徹 | 문학평론가 · 광운대 교수